아이디 23

코로나19 종식을 기원합니다.

아이디 23

ⓒ 시온, 2020

초판 1쇄 발행 2020년 6월 11일

지은이   시온
펴낸이   이기봉
편집   좋은땅 편집팀
펴낸곳   도서출판 좋은땅
주소   서울 마포구 성지길 25 보광빌딩 2층
전화   02)374-8616~7
팩스   02)374-8614
이메일   gworldbook@naver.com
홈페이지   www.g-world.co.kr

ISBN   979-11-6536-471-7 (03810)

이 도서의 국립중앙도서관 출판예정도서목록(CIP)은 서지정보유통지원시스템 홈페이지(http://seoji.nl.go.kr)와 국가자료공동목록시스템(http://www.nl.go.kr/kolisnet)에서 이용하실 수 있습니다. (CIP제어번호 : CIP2020022740)

호기로운 어느 레지던트 의사의 서신

아이디 23

ID 제1편
아이디와 아이덴티티

시온 소설

좋은땅

그러므로 우리는 마침내 간절히 찾아 헤매던 '그'를 찾게 될 것이다. 그리고, 그때 우리는 그가 항상 우리 중에 함께 계셨다는 것을 깨닫게 되겠지!

알맞을 때 일어나서 즐거운 일을 유쾌하게 하러 가자.

셰익스피어

목차

CHAPTER
O/N/E

제1장

리서치 그룹에 들어간 제이슨

프롤로그

제이슨은 시카고 중앙병원의 레지던트이다.

헝가리의 어느 변두리 의대를 졸업한 제이슨은 거의 100여 점에 달하는 편지와 자기소개서를 보낸 끝에, 이곳으로 오게 되었다.

세상 어디에 뭐가 붙어 있는지 모르는 데다가, 취미로 기타 튕기기나 좋아하는 그가, 수많은 이력서를 보낸 병원 중 시카고 중앙병원에 합격된 것은 비교적 수월한 그의 인생의 한 예라고 할 수 있겠다.

뭘 하던 술렁술렁하게 하지 않는 것이 없는 제이슨이지만, 스웨덴 국적의 아버지와 아시아인 어머니를 둔 그는 네 가지 언어를 완벽히 구사하고 있었다.

네트워크의 특성

The peculiarity of network-working

현대인이 네트워크와 일에 헌신하는 정도는 어느 정도일까?

제이슨은 빨리 회전하고, 발전하는 도시 중심에 위치한 병원의 레지던트로, 리서치 자료들을 정리하고 소화하는 것이 그의 매일의 과제 중 하나였다.

비록 컴퓨터가 발달된 시대이지만, 제이슨은 여전히 리서치 연구들을 종이로 프린트해서 읽는 습관이 있었다. 이렇게 읽고 버려진 종이들은 제이슨의 책상 옆쪽에 차곡차곡 쌓여 있었는데 언젠가는 그것들을 청소해야 할 날이 올 것이라는 것을 제이슨도 알고 있었다.

무심히 본 창밖으로는 진눈깨비 같은 흰 눈발이 날려 창문 틀에 소복이 쌓이고 있었다.

찬 기운이 얼굴에 느껴지자 제이슨은 얼굴을 찌푸렸다.

이메일이 왔다.

제이슨을 걱정하고 안부를 묻는 어머니로부터의 편지다.

Dear. 제이슨

잘 있었니? 가족은 잘 있다. 스피니가 놀다가 다쳐서 동물병원에 다녀왔다. 지금은 깁스를 하고 있어.

이번 겨울에는 집에 오겠지?

곧 보자.

사랑하는 엄마가—

PS. 보낸 담요는 잘 받았니? 코트 잘 챙겨 입고 다녀라.

한 시대를 호령한 거대 그룹 S사의 이사는 "마누라와 자식만 빼고 다 바꿔."라고 했다고. 제이슨은 어느 라디오 방송에서 들은 것 같았다.

세상이 그런 것 같았다. 모든 게 빨리 '업데이트'되는 것처럼 보였다.

그가 지금 보고 있는 터치폰도 그가 2년 전에 새 버전을 구입한 것이었는데, 지금 시중에서는 거의 구식인 것처럼 여겨지는 것이었다.

적절한 우리 시대 일의 특징

The Age of Decent Agent Working

'날 잊지 마세요' 꽃말의 물망초

Forget-Me-Not

"제이슨."

정형외과 선배 교수가 그를 툭 하고 친다. 아침에 피트니스센터에 갔다 온 모양이다. 벤치프레스를 꽤나 들었을 법한 스포츠광인 선배는 자신감 넘치는 포스로 제이슨에게 물었다.

"너 시간 좀 있지 않냐?"

"예, 선배?"

라고 되물은 제이슨은 마른 편으로, 그날 저녁 당직을 선 모습이었는데, 부분적으로 후줄근한(예를 들면, 소매 부분) 흰 가운을 걸치고, 카페인 때문에 눈만 초롱초롱한 모습이었다.

'밤낮 시달리는 새내기 레지던트한테 시간 있냐고?'

제이슨은 그러나, 최대한 침착함을 유지하며 말했다.

"예에. 뭐 그렇죠, 선배. 적어도 선배처럼 일 년 치 피트니스센터 회원권을 끊어 놓진 않았으니까요. 이 년 차가 되니까 확실히 덜 힘든 것 같기도 하고요."

하며 가까스로 웃어 보인다.

'보이기는 레지던트나 막 끝냈을 법한데, 벌써 교수라니. 저 자식은 뭐지.

천잰가?'라고 생각하면서…….

"그래, 좋아. 잘됐네. 그럼 여기 이 리서치 팀에 좀 들어가 주라."

"예?"

했지만, 벌써 툭 건네받은 작은 쪽지에는 갈겨쓴 교수님 이름과 랩 주소, 그리고 연락처가 적혀 있었다.

"어느 기업에서 지원해 주는 리서치 같은데, 겨울 휴가 동안 일해 줄 의사가 필요하대. 나한테 제의 들어왔던 거니까 땡땡이치지 말고, 교수님이 하라는 것만 하면 돼. 부담스러운 건 아니지?"

'부담스럽지 않냐고?' 제이슨은 생각했다.

'부담스러워요.'라고 말하고 싶었다. 제길. 이번 겨울 휴가는 반드시 집에 갈 생각이었는데.

제이슨은 어머니가 만들어 주는 따뜻한 애플 사이다가 그리웠다. 그러나 이곳은 시카고 도시에 있는 병원이었다.

그는 괜히 찍혀서 또라이 취급을 받고 싶진 않았다.

"예예…… 한번 가 보죠, 뭐."

제이슨은 머뭇거리며 대답했다.

"오케이, 그럼 나는 인공관절 수술이나 하러 가야겠다. 차오*."

유쾌히 말하고 그 선배 교수는 제이슨 앞을 지나쳐서 병실 쪽으로 사라졌다.

---

* 차오는 스페인어로, 헤어질 때 하는 인사이다.

'이런…….'

최대한 조용히 지내려고 노력한 제이슨은 습관처럼 입술을 깨물었다.

그를 찾는 전화가 울렸다.

"제길."

아이들이 싼 시큼한 배변 냄새가 어느 병실에서 나는 것 같았다.

제이슨은 잠시 큰 숨을 들이켜고는, 병동 앞에 모여 있는 환자들의 사이를 비집고 자신을 호출한 방으로 발걸음을 옮겼다.

제이슨을 맞이한 토마스 셰퍼드는 흰 눈썹이 부리부리한, 연배에 비해 활기차 보이는 대학병원의 교수로, 이 리서치를 지휘하고 있었는데, 비타민, 프로틴, 바이오틱스* 등의 건강보조제들을 꽤나 챙겨 먹는 것 같은 낯이었다.

이런. 사실 그건 제이슨의 사촌 이야기 같은데! 제이슨과 어린 시절 함께 스키를 타러 놀러 가서 산장에서 며칠을 같이 머물렀던 그의 사촌은 아침마다 색색의 알약 한 줌씩을 단번에 입안에 털어 넣었다. 그리고 어린 제이슨이 그 모습을 물끄러미 쳐다보자 제이슨에게 씩하고 웃어 보였는데, 그의 얼굴은 번들거리면서 번쩍였다.

닥터 토마스 셰퍼드의 얼굴은 번들거린다라기보다는 번한 느낌이었는데 온화한 기운이 느껴졌다.

셰퍼드는 제이슨의 자기소개를 묵묵히 세심하게 듣다가, 그가 그의 취미가 기타를 치는 것이라고 하자 빙긋 웃음을 지었다.

그렇게 리서치 팀에 들어간 제이슨은 연구소 출입 허가가 날 때까지 리서

---

* 　바이오틱스는 프로바이오틱스의 줄임말로, 유익한 장균의 증식을 돕는 건강식품 보조제이다. 통상 유산균이라고 일컫는다.

치 팀원인 한 조교수로부터 새로운 MRI 확장형 기계들의 조작법에 대해 배워야 했고, 실험 결과를 기록하는 엑셀 작업도 도와야 했다.

그러다가 약 보름 뒤에 그가 비로소 셰퍼드 박사의 실험 연구실에 출입할 수 있게 되었을 때, 박사의 팀들은 지문을 인식해서 열리는 잠금장치에 제이슨의 지문을 등록해 주었다.

연구실은 일반적인 흰색 방이었는데, 흡사 추운 강의실과도 같았다. 흰 가운을 입은 사람들 열댓 명이 이리저리 보였고, 기초 심리학 입문 강좌에서 봤을 법한 인간 뇌 그림의 포스터가 한쪽 벽에 붙어 있었다.

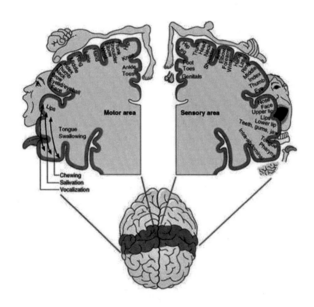

IV.
천재의 알고리즘
Genius's Algorithm

여느 날처럼 연구 실험 지원자들의 프로파일을 리뷰하고 있던 제이슨은 한가지 흥미로운 사실을 발견했다. 실험 참여자들 중에 피아노 작곡 활동을 하는 어린 청년이 있었는데, 그 청년에게서 유독 남다르게 두정엽(parietal lobe) 쪽에 긴 띠 모양의 진한 자주색 영역이 나타난 것이다.

제이슨은 그의 발견에 관한 자료를 정리해서 셰퍼드 박사에게 가져갔다.

셰퍼드 박사와 그의 팀은 그것이 '창의력의 달성'과 관련된 예술적인 영역이라고 생각했고, 그들이 이 실험자의 머리에 부착했던 노드를 컴퓨터에 연결하니, 신기하게도 어떤 알고리즘이 형성되었다.

거의 24시간을 랩에서 상주하는 컴퓨터 공학도 토마스 헤이베리는 둥근 안경에, 새집이 된 머리카락을 하고 의자에 반쯤 누워서 컴퓨터를 모니터링하고 있다가 이 알고리즘을 발견하고, 자리에서 벌떡 일어났다.

"이봐, 제이슨. 우리가 진짜 천재님을 발견한 것 같은데?"

하며 휙~ 휘파람을 분다.

이 청년의 이름은 피에르였고, 이것은 거의 3년간 진행된 셰퍼드 박사의 연구에서 제법 큰 성과였다.

"신은 주사위 놀음을 하지 않지."

토마스 헤이베리가 소리치듯이 말했다.

"너는 이 알고리즘이 무엇을 의미하는지 아니?"

"아니, 아직 잘 모르겠는걸. 나야, 워낙 컴퓨터에 소질이 없어서……."

제이슨이 말했다.

"이 의미는 이 알고리즘을 다른 사람에게 대입하면, 이게 마치 '인핸서'(개선제)같이 작용할 수 있을 거라는 거야."

"너 스피도 알지? 학부 때 이용한 적 없어?"

"아, 암페타민* 말이야? 난 없어. 워낙에 시골 학교를 다녀서 말이야……."

"제이슨, 넌 여기 있는 것 자체가 행운이네."

"잘 모르겠는걸."

제이슨이 담담히 대답했다.

---

*   암페타민은 중추신경과 교감신경을 흥분시키는 각성제 종류의 한 가지이다.

V.
제이슨의 심포니: 작사·작곡 제이슨

Jason's symphony: written and composed by Jason

"제이슨, 너 기타 좀 친다고 했지?"

헤이베리가 불현듯 묻는다.

"그래, 그냥 좋아한다는 거지. 그렇게 대단치는 않아."

제이슨이 주저하며 말했다.

"알고 있다고, 그래서 물어보는 거야. 내가 너란 놈에 대해 모르는 게 있나?"

토마스는 피아노 및 기타의 코드 조합으로 작곡할 수 있게 만들어진 아마추어 작곡가를 위한 어플리케이션을 열면서 말했다.

그날 랩에서 헤이베리의 실험용 기니피그가 된 제이슨은 실험자용 노드를 머리에 부착하고, 열세 곡에 이르는 노래들을 금세 작곡해 냈다.

그 곡들 대부분은 듣기에 정말 괜찮았다.

"이거, 굉장한데!"

다른 이어폰들의 곱이나 비싼 커다란 헤드폰을 끼고는 리듬을 타며 몸을 흔들고 있는 토마스 헤이베리가 소리지르며 말했다.

제이슨은 늘 했듯이 실험 결과를 프린트하는 컴퓨터로부터 자신이 100분 만에 다 완성한 곡들의 악보를 뽑아냈다.

그러는 사이에 랩의 복도로 난 창문 너머로 해가 떠올라, 붉은 빛이 창에 드리워졌다.

제이슨은 문득 그의 손목 시계를 보았다.

20분 전 6시였다. 병동으로 돌아가야 할 시간이었다.

"잘 있어, 헤이베리. 좀 있다가 보자."

"좀 자 두라고……."라고 제이슨이 말하자,

"난 캔커피 두 개면 언제나 다시 팔팔해진다고."

헤이베리가 팔을 휘두르며 이야기했다.

그는 랩에서 나가는 제이슨 뒤를 쫓아 자리에서 일어났다.

"너나 잘 챙겨. J.C. 샌님. 샌님 의사가 작곡가로 부상하다니……." 하며 제이슨의 등짝을 후려쳤다.

"어, 여기 문 잠그고 나가야 되는 거 아니야?"

격앙되어 연구실의 문을 열고 복도로 뜀박질하는 랩 동료에게 제이슨이 묻자 토머스는 "내가 금방 돌아올 거야."라고 소리친다.

자판기로 캔커피를 뽑으러 뛰어가는 토마스를 보고 있으려니, 제이슨의 전화가 울렸다.

다급히 그를 찾는 콜이었다

제이슨이 새벽 근무를 마치고, 옷을 갈아입기 위해 숙소로 들어가는데, 그의 룸메이트가 그를 잡아 세웠다.

"제이슨! 너 요즘 바빠 보인다!"

하고 말하는 그의 룸메이트는 어두운 색의 얼굴이 더 어두워진 데다가 눈 밑이 검어 보였다. 술을 좋아하는 이비인후과 과장과 어울리며 병원 생활을 하려다 보니, 잠이 부족한 것도 같았다.

"오늘 저녁에 술자리가 있는데, 같이 가지 않을래? 불금이잖아."

"아니, 데릭. 사양할게."

"이거 왜 이래. 제이슨. 이렇게 야박하게 굴지 말라고……."

그의 룸메이트는 결국 제이슨을 거의 끌다시피 해서 어두운 골목길 끝에 위치한 바에 데리고 갔다. 그곳은 이상한 옷을 입은 종업원들이 시중을 드는 곳이었는데, 그들은 돈을 주면 마치 동물처럼 행동했다.

눈을 둘 곳을 찾지 못하는 제이슨에게 데릭이 웃으며 와서 술잔을 권했다.

째지는 듯한 지저분한 음색의 음악 소리는 너무 컸고, 술은 도수가 너무 높았다.

제이슨은 숨을 쉴 수도 없는 것 같았고, 심장도 부정맥이 있는 것처럼 이상하게 뛰는 것도 같았고, 어지러운 것도 같아 금방 기분이 나빠졌다.

VII.

일어나서 밖으로 나가려는 제이슨의 한쪽 팔을 낚아채듯이 잡아 반강제로 의자에 앉힌 데릭이, 제이슨의 호주머니에서 큰 USB를 발견해 낚아채듯 빼앗아 갔기 때문에, 제이슨은 어쩔 수 없이 데릭과 오비 바면, 일런 맥스, 라이스 거스라는 데릭의 녀석들 사이에 끼어 반강제로 독한 술잔을 비우고 있었다. 그들 모두는 어두운 피부색을 가지고 있었는데, 제이슨을 가운데 끼고는 계속 큰 소리로 수다를 떨었다.

"어, 이거 굉장한데."

"이야, 이걸 네가 다 작곡했다고?"

데릭의 친구 오비 바면이 말했다.

"네가 뭔데?" 일런 맥스가 물었다.

"이놈이 원래 웃긴 놈이야."

데릭이 큰 소리로 웃으며, 그들에게 제이슨이 어떤 실험에 참여하고 있는데, 거기서 뭔가를 발견한 것 같다고 그들에게 설명해 주었다.

그들이 곧 수군대며, 자신들끼리 이야기를 하기 시작했기 때문에 제이슨은 화장실로 자리를 피했다.

안 그래도 붉어진 얼굴이 요상하게 붉은 화장실의 조명 아래서 보니, 아방가르드한 버전의 자신이 거울에 비쳤다. '샌님 제이슨.' 제이슨은 그날 데릭과 바로 온 것을 무척 후회했다.

이럴 줄 알았으면, 특공 무술이나 배워 둘걸…… 제이슨은 어둡고 우락부락한 데릭의 친구들의 팔을 떠올리며 생각했다. 제이슨은 그의 모습에 그런 호전성이라고는 찾아볼 수 없는 소아과 병동의 레지던트였다. 아니, 제이슨의 30년 남짓한 인생에서 그런 모습의 사람들은 처음 본 것 같았다. 물론, 그런 술집도 처음이었지만…….

"금방 부자가 될 거야."

마침내 숙소로 돌아온 데릭 더블뱅크쇼가 물담배를 뻐끔뻐끔 피며 말했다. 새벽 네 시가 지나, 주위가 어둑어둑하면서도 찬 기운이 상승하여, 제이슨의 깨질 듯한 두통을 완화시켜 주었는데, 독한 술에 전 데다가 물담배를 지독히도 빠는 데릭은 아침 근무조에서 빠지려는 모양이었다. 이사 아들을 안다나 어쩐다나. 제이슨은 숙취 해소 음료를 한 병 사러 나가야겠다고 생각하고 재킷을 챙겨 들었다.

VIII.
항상성과 로미오 신분
Homeostasis and Romeo status

습관적으로 환자들에게 보급할 알약을 세며, 각각의 통에 담고 있던 제이슨은 그를 찾고 있는 자신의 폰이 다분히 과격한 움직임으로 진동하고 있다는 것을 느꼈다.

이 다급한 움직임은 미처 참지 못한 채, 몸을 배배 꼬는 것처럼 흔들려서 급한 전화가 틀림없어 보였다.

어머니였다.

제이슨은 잠시 머뭇거렸으나, 곧 폰을 집어 들었다.

"엄마?"

"제이슨, 잘 있는 거지?"

"무슨 말이에요. 저는 뭐 늘 잘 있지요. 어머니는요? 참, 스피니는 좀 어때요?"

제이슨은 얼버무리며 말했다.

"제이슨, 형이 집에 왔단다."

"아, 메이노드가요! 형은 어때요?"

"잠깐만, 형 바꿔 줄게."

메이노드는 제이슨의 형으로, 컬럼비아대학의 도시인류학 교수였다.

메이노드는 제이슨과는 달리 다부진 체격으로 아버지의 골격을 하고 있었는데, 아버지와 같이 과묵한 성격으로 좀처럼 무슨 생각을 하는지 알 수 없는 인물 중 하나였다.

"어이, 로미오!"

"메이노드! 어떻게 지낸 거야? 거의 세 달 만이네. 잘 있었지?"

제이슨은 고등학교 때, 졸업 고별 무대로 셰익스피어의 로미오를 연기한 적이 있었다.

그러나 정작 사춘기였던 그는, 로미오와 줄리엣을 연기하는 것을 무척 부끄러워했을 뿐 아니라, 끝까지 이 작품과 라포를 형성하지 못했는데, 작가가 어처구니없는 운명의 장난을 구현하려는 것처럼 생각됐기 때문이었다.

메이노드는 늘 그랬지. 그런 기억들을 환기시킨단 말이야.

제이슨은 생각했다. 로미오 제이슨. 데릭과 그의 친구들이 알았다면 바로 놀려 댔겠지…….

제이슨은 최대한 침착하게 우회적으로 그의 룸메이트에 대한 이야기를 꺼냈는데, 물론, 그가 데려간 바에 대한 설명은 뺐다. 어렸을 때에는 제이슨과 메이노드가 행여 나쁜 친구를 사귈까 봐 늘 조바심을 내던 어머니는 이번에는 그저 병원의 모두와 잘 지낼 것을 거듭 당부했다.

ⅠX.

이날 제이슨은 봉와직염으로 내원한 한 환자를 지켜보며, 무심하게 차트를 작성하고 있었다.

"어디를 여행하셨다고 하셨죠?"

투명한 젤 타입의 소독약을 손에 잔뜩 덜며, 제이슨이 말했다.

제이슨의 눈앞에 앉아 있는 전형적인 중년 백인 남성이 입을 열었다.

"알프스산에 몽블랑 인테그랄*을 등반했어요."

그는 눈을 반짝이며 신이 나서 이야기했다. 그가 경험한 여행의 흥분이 전달되는 것 같았다. 시원하고 산뜻한 공기와 해방감!

알코올 성분이 든 손 소독제는 금방 휘발되어, 제이슨은 보송보송해진 손으로 그의 정강이를 꾹 하고 눌러 보았다. 홍반 주위로 열감이 있는 듯했고, 그의 발은 그늘에 자리한 돌들 위에 피는 이끼처럼 올리브색 보푸라기에 덮여 있는 것처럼 보였다.

"비행기를 타고 여행하셨나요?"

제이슨이 재차 물었다.

훤칠한 이 남자는 열감이 있는 살짝 부어 있는 그의 왼발 정강이와 발을

---

* 몽블랑 인테그랄은 산악인들이 알프스 몽블랑을 오르는 여러 길 중 하나이다.

내보이며 웃는다.

"그럼요. 엊그저께 돌아왔어요."

시원스러운 성격의 사람이다.

"다른 테스트 좀 해 보고요. 이상이 없으시면 약을 처방해 드릴 겁니다. 너무 걱정 안 하셔도 되고요. 걷는 데 지장이 있지는 않으시죠?"

제이슨이 묻자,

훤칠한 이 남자는 고개를 끄덕였다.

"문제 없어요."

클리닉에서 환자들을 보는 일은 수월한 편이었다. 적어도 제이슨에게는 그랬다.

그가 병실이나 중환자실 병동에서 일을 할 때는 환자의 가슴 털을 미뤄 준 적도 있고, 관장도 하고, 젖은 붕대를 교환해 주거나 오염된 부위를 소독하고 닦아 주는 일도 했기 때문이다.

X.

다음 날 제이슨은 숙소에서 랩으로 가는 반대편 쪽으로 발걸음을 돌렸다.

전날의 야간 근무 중에는 스승 상의 소식이 겹쳐, 머리가 멍한 상태인 제이슨은 스치는 바람의 차가움을 느낄 여력조차 없었다.

병원을 경유하는 작은 마을버스 정류장에서 버스를 기다리면서 제이슨은 지난 몇 달 동안 있었던 일을 되뇌어 보았다. 이 모든 일들이 마치 며칠 동안에 있었던 일만 같았다.

직업의 성격상 하루에도 몇 명이나 응급 환자를 만날 수 있을 테지만, 셰퍼드 교수의 상은 너무 급작스러웠고, 뭔가 이상했다.

시카고 바람이 장난은 아니지…… 아침 공기가 차가워서 제이슨은 옷깃을 여미었다. 이런 새벽바람에 폐렴이라도 걸리면 곤란하지…… 버스는 텅 빈 타운을 휙휙 지나쳐 다운타운의 한 골목에 제이슨을 내려 주었다.

차가운 새벽부터 문을 연 작은 꽃가게에 들어간 제이슨은 아직 정리도 채 되지 않은 생생한 흰 백합 한 묶음을 골랐다.

그리고 50불을 지불하고는 거스름돈도 챙기지 않고, 다시 병원으로 향했다.

진한 흰 꽃잎의 향기가 제이슨 앞에서 자욱했다.

교수님의 상이 있은 후로 진행 중이던 연구 프로젝트가 중단되었을 뿐만 아니라, 한두 명씩 랩 파트너들이 이사 가기 시작하더니, 대부분의 동료들이 병원에서 나가 버렸는데, 연구실뿐만이 아니라 큰 연구소 건물이 아예 텅 빈 것같이 썰렁한 기분마저 들었다.

그날 이후의 1년은 빠르게도 지나갔다.

그의 룸메이트도 뉴욕으로 가 버리고, 상급 레지던트가 된 제이슨은 따뜻한 곳으로 가려고 벼르고 있었다. 그러던 중 오래간만에 책상 정리를 하던 제이슨은 그에게 배달된 광고 잡지 뭉텅이들을 발견하 게 되었는데, 그것들을 바로 버리지 않고 펼쳐 보게 된 것이다.

그것은 아담하고, 잘 정리된 붉은 지붕의 주택들이 꽤 많은 0을 달고 있는 가격표들이 적혀 있는 매물 책자였다. 제이슨은 사진 하나하나를 유심히 보다가 잘 다듬어진 푸른 잔디밭 위의 한 저택에 눈이 멈췄다.

"여긴 어디지?"

[스프링필드]

스프링필드라! 제이슨은 붉은 색연필로 멋진 잔디 뜰을 가진 이 집의 주소에 동그라미를 쳤다.

그리고 가방을 조파리기 시작했다.

제이슨은 이런 식으로 즉흥적인 면이 있었다.

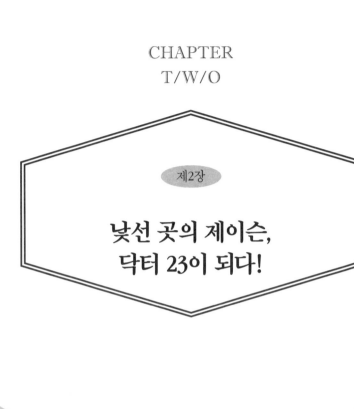

CHAPTER
T/W/O

제2장

낯선 곳의 제이슨,
닥터 23이 되다!

스프링필드의 겸손한 다운타운에 위치한 작은 개인 클리닉에서 일하고 있던 제이슨은 5시가 되자, 의사 가운을 벗고 그의 오래된 폰을 집어 들었다.

"웬일이세요? 이렇게 일찍…… 약속이라도 있으신 모양이죠?"

프런트 데스크를 지키는 간호사가 물었다.

제이슨은 고개를 저었지만, 구태여 미사여구를 붙여 설명하지 않고는 클리닉 밖의 거리로 향했다.

며칠을 인스턴트 누들로 저녁을 때웠더니 그만 국수에 물린 것 같았다. 병원 일은 일이고, 그날 저녁은 제대로 된 저녁 한 끼를 먹기 위해 장을 봐야겠다고 생각하고, 그는 마트로 향하고 있었다.

좋은 치즈덩이와 빵, 그리고 붉은 순무 조림을 고른 제이슨은 아무래도 다시 냉동식품 코너로 향한다. 콩과 해시브라운*, 베이컨을 또 장바구니에 넣는다.

비닐봉지에 담은 저녁 식사 거리를 덜렁이며 호기롭게 다운타운을 배회하던 제이슨은 구식의 '비디오가게' 앞에 잠시 멈춰 섰다. 영상 CD 및 USB를 파는 오래된 곳이었다.

---

* 해시브라운은 다진 감자를 기름에 튀긴 음식이다.

'안으로 들어가 볼까?'

두리번거리며 댁에 진열된 단편영화들의 이야기를 읽고 있는데, 누가 제이슨을 툭 하고 친다.

"이거, 제이슨 아니야?"

번듯하게 차려입은 어두운색 피부의 남자.

데릭 더블 뱅크쇼였다.

그는 한눈에 봐도 알아볼 수 있는 명품 옷에 가죽 서류 가방을 들고 있었다.

"어떻게 지냈어?"

"그럭저럭. 넌?"

머뭇거리며 제이슨이 답했다.

"나야, 뭐. 끝내주지. 연예인 여자친구와 한 달째 사귀고 있어. 너, 제시카 알지?"

"응, 그래……."

"참, 너 내 라디에이터 가져갔더라."

제이슨이 말머리를 돌려 힐문했다.

"뭐, 제이슨. 무슨 말을…… 그거 내 거 아니었어?"

데릭이 대충 둘러대며 기겁을 한다.

"그리고 내 해리슨 책 I 권도 없던데? 왜 그렇게 갑자기 이사 간 거야? 아무 말도 없이……."

"왜 그래 제이슨. 이 불평쟁이 샌님 친구. 오늘은 내가 쏠게. 한잔하러 가자고. 다운타운에 아주 좋은 곳이 있어. 넌 한 번도 안 가 봤을 거야."

데릭 더블 뱅크쇼가 데리고 간 곳은 제이슨이 진실로 처음 가 보는 곳이었다.

"얼마 전에 산 거야."

그는 주차된 럭셔리한 스포츠카를 가리키며 말했다.

그것은 특이한 녹색이었는데, 사이드미러 부분만 장식이 되어 있었다.

그가 갑자기 물었다.

"제이슨, 이런 말이 있다. 이 세상에는 자신의 것이 남의 것이고, 남의 것도 남의 것이라고 믿는 호구형 인간과, 자신의 것은 자신의 것이고, 남의 것은 남의 것이라 하는 평범한 인간들, 그리고 자신의 것뿐만 아니라 남의 것도 자신의 것이라고 주장하는 '비범*한 인간들이 함께 살고 있다고."

"제이슨, 너는 어떤 사람이냐?"

데릭이 물었다.

"난, 조금 평범한 인간 축에 속하는 것 같은데."

제이슨이 채 고심해 보기 전에 진심을 말했다.

---

* 탈무드에서는 첫번째 유형을 성자의 유형이라고 했고, 세번째 유형을 악한 인간 유형이라고 하였다.

"그래, 제이슨? 나도 네가 그런 인물인지 알았지. 여하튼 고맙다."

제이슨은 독한 술 때문에 반쯤 풀린 눈으로 오래전 룸메이트였던 데릭을 쳐다보았다.

이 자식이 무슨 말을 하나 싶었다.

데릭은 제이슨 앞에 놓인, 올리브가 올라간 양주잔을 휙 하고 낚아채서, 원샷을 하더니 말을 잇는다.

"내가 이걸 마셔 버렸는데, 이게 네 거였는지 내 거였는지 누가 알겠어? 안 그래, 제이슨?"

좀 어리둥절해 있는 제이슨을 쳐다보며 데릭은 그의 어깨에 손을 얹었다.

"나가자고, 제이슨. 도시 한 바퀴 라이드 어때?"

그들이 주차장에 가자 여러 대의 럭셔리한 스포츠카가 주차되어 있었다.

"내가 나를 설득해서 내가 너에게 이 스포츠카를 선물하게 할 만한 인물이라면, 아니 네가 나한테 이걸 빼앗아 갈 만한 역량이 있는 놈이면, 넌 나와 어울릴 수 있을 텐데 말이지, 샌님 친구. 난, 어쩐지 네가 싫지 않다고. 너도 그렇지. 제이슨?"

데릭이 말했다.

제이슨은 얼굴을 찡그려 보았다. 제이슨은 데릭 뱅크쇼가 싫었다.

그는 크게 웃으며, "자, 내 애마를 시승하러 가자고."라고 하며 서둔 걸음으로 주차장으로 나갔다.

어떻게 양복이 저렇게 판판하지?

그의 팽팽한 얼굴 같다고 혼자 생각한 제이슨은 '아, 내가 너무 마셨나?'

싶었다.

　데릭은 독한 술을 그렇게 마셨는데도 취한 것 같지 않았다.

　정말로 그의 애마인가 뭔가를 시승하고 싶진 않았지만, 새벽 기운을 빌어서라도 제이슨은 술에서 깨어나야만 할 것 같았다.

"응?"

다음 날 자신의 오피스텔에서 일어난 제이슨은 머리가 아팠다.

필름이 끊긴 듯 어제 데릭과 바를 나선 이후로는 뭘 했었는지 잘 생각이
나지 않았다.

"여기가 내 방 맞지?"

왜 그런지 방이 낯설어 보였다. 그는 침대 옆 의자에 걸려 있는 자신의 옷
을 주섬주섬 챙겨 입었다. 그리고 둘러보니, 자신이 정말 낯선 곳에 와 있는
것 같았다!

그런데 방의 침대와 가구들이 낯설지가 않았다.

게다가 가구들의 배치도 그의 오피스텔과 비슷한 것 같았다.

"이게 어떻게 된 거지?"

제이슨은 곧 자신의 지갑과 주민등록증, 병원 ID카드가 없어졌다는 것을
깨달았다.

그의 고물 폰도 보이지 않았다.

곧 그는 방문이 바깥에서 잠겨 있으며, 방문의 모습은 자신의 아파트의

그것과 비슷했으나 철제로 된, 육중한 문이라는 사실을 알아챘다.

그의 가슴은 불현듯 두려움으로 세차게 뛰고 있었다.

몇 시간이나 흘렀을까?

밖은 어두운 것도 같은데……

제이슨은 시간조차 가늠할 수 없었다.

얼마나 잤다가 깬 것인가?

누군가가 철제 방문을 세차게 두드리고 있었다!

"제이슨!"

Ⅳ.

　제이슨에게 닥터 넘버 23이라는 숫자가 주어졌다!

　제이슨에게 이 아이디를 부여한 사람은 마스크를 쓰고 선글라스 같은 고글을 착용했으며, 랩이나 수술실에서나 입는 옷을 입고 있어서, 신원을 파악할 수가 없었다.

　그는 제이슨에게 신체적인 폭력을 가하거나 직접적인 협박을 가하지는 않았지만, 대신 그에게 강제로 일과를 부여했다.

　그는 이날 제이슨을 좁은 계단 아래의 지하에 있는 방으로 데리고 갔는데, 제법 넓은 그 방 한편에는 스틸 소재의 냉장고들이 잔뜩 있었고, 작은 엘리베이터 문이 있었다. 그 엘리베이터가 열리자, 눈을 감고 있는 어떤 사람이 누워 있는 간이형 이동식 침대가 보였다.

　그곳에 대기하고 있던 신원을 파악할 수 없는 다른 누군가가 그 사람을 넓은 방 가운데에 있는 병원용 침대에 눕히고, 컴퓨터로 무언가를 확인했다. 그리고 나비 링거 바늘 비슷한 것이 안에 들어있는 투명한 스티커를 그 사람의 몸에 부착하더니, 다시 그를 엘리베이터에 태워 올려 보내는 것이었다.

　"당신은 이곳의 조와 함께 일하게 될 거요. 조는 당신을 닥터 23이라고 부르겠지만, 그와의 대화를 삼가는 게 좋을 거요…….”

"일은 간단하오. 하루에 2~3시간씩 당신은 여기서 조를 도와주게 될 거요
…… 자세한 사항은 조가 차차 설명해 줄 거고, 우리는 하루에 두 끼씩 당신
에게 제공할 거요. 다른 궁금한 사항은 조에게 물어보시오…… 물론 조가
당신에게 다 답해 주진 않겠지만."

"내가 말했듯이 조와 많이 대화하지 않는 게 좋을 거요. 조는 쓸데없는 수
다를 즐기지 않으니까…….”

"그럼 닥터 23번, 나는 이만 가 보겠소. 당신 정말 재미있는 친구를 두었
더군…… 이곳 일은 간단한 노가다요. 힘이 들지 않는 일이니 당신은 운이
좋은 편이지…….”

제이슨은 얼굴이 하얗게 되어 아무 말도 할 수가 없었다.

'닥터 23이라고? 제길…… 이 사람들은 도대체 누구지?'

$$V.$$

그날의 일을 마치고, 방으로 돌아온 제이슨은 그 신원 불명의 남자가 한 말을 곱씹어 보았다.

'재미있는 친구를 뒀다고?'

'제길, 데릭 뱅크쇼 말인가.'

지난밤, 그는 그와의 만남을 상기해 보았다.

젠장.

어두운 안색의 데릭을 떠올리며, 제이슨은 입술을 깨물었다.

부릅뜬 눈에서는 뜨거운 눈물이 흘렀다.

그는 그의 오래된 고물 폰이 그리웠다.

VI.

시간이 흘렀다.

원래 마른 편의 제이슨이었지만, 회색 면 셔츠가 헐렁해 보이는 것을 볼 때 몸무게가 3~4킬로그램 이상 빠진 듯이 보였고, 면도를 하지 않아 수염이 덥수룩한 모양이었다.

닥터 23이라는 그의 새 아이디처럼 그는 하루에 두세 시간씩 일하고, 두세 끼를 먹었다.

제이슨은 될 수 있으면, 운동을 해 보려고 애썼고, 뭔가를 읽고 싶었으나 그들은 책을 공급해 주지는 않았다.

오래된 작은 성경책과 제이슨이 침대 아래에서 찾아낸 오래된 광고 책자가 전부였는데, 그 책자의 종이 재질이 끈적거리고 부서질 듯 건조했기 때문에 읽기가 꺼려진 제이슨은 그것을 다시 침대 아래에 놓아두었고, 작은 성경책은 그나마 읽을 수 있을 수 있을 것 같았는데, 제이슨이 모르는 독일어로 되어 있었다. 앞 장과 뒷장만 독일어와 영어가 함께 기록되어 있었다.

Gott 고트*……

---

* 고트는 신이라는 뜻의 독일어이다.

그로부터 삼 주가 지났다. 면도를 하지 않아 수염이 덥수룩한 제이슨은 그날도 일을 하려 조의 랩으로 내려가고 있었다.

좁은 계단 난간 위로 난 작은 창으로 하늘 모습의 조각이 보였다. 제이슨이 머물고 있는 건물 안은 서늘했지만, 창가에서는 따뜻한 기운이 느껴졌다.

탈 없이 몇 주를 보내서였는지, 조는 예전같이 제이슨을 박하게 대하지 않았다. 게다가 날씨가 비교적 더워서, 그는 그날 랩 가운도 벗은 상태였다.

하지만 그가 늘상 착용하는 그의 고글과 마스크는 그대로였다.

그날도 작은 주사기 바늘이 들어 있는 것 같은 스티커 몇 개를 제이슨에게 건네준 조는 얼마 지나지 않아서 제이슨에게 등을 돌리고 꾸벅꾸벅 조는 듯, 일하는 듯. 하루에 2~3시간씩 일하는 제이슨과 달리 조는 몇 시간씩이나 랩에서 보내는 것 같기도 했다. 여하튼 제이슨은 잘 모르는 일이었다.

어쨌든, 그제야 안심한 제이슨은 조가 냉장고처럼 생긴 저장소에서 꺼낸 반투명한 플라스틱 박스에서 꺼내어 건네준 스티커를 들여다보았다.

제이슨은 몇 주 동안이나 랩에서 어떻게 그렇게 일했을까 싶을 정도로 조심스럽게 행동했는데, 가령 그는 고개도 제대로 들지도 못했다.

그리고 조가 그가 하는 일을 곁에서 항상 보고 있었기 때문에 제이슨은 다른 생각을 가질 여유조차 없었다.

여전히 고개를 숙이고 있던 제이슨은 그제야 자신의 손에 들린 스티커를 제대로 보았다.

그간 제이슨이 일을 하면서 이것에 대해 알아차리게 된 것은, 그 스티커는 부착해 놓으면 녹는 재질이었는데, 작은 회로가 든 칩 같기도 하고 바코드 같기도 한 것 같은 무언가가 두툼한 투명 아크릴테이프 같은 정사각형의 스티커 안에 들어있었다.

그 반대쪽으로는 링거 주사 바늘이 접혀 있었는데, 제이슨은 이 주사 바늘을 펴 놓아 조에게 건네줘야 했다.

제이슨은 이곳에 오는 사람들이 마치 자신의 병원에 내원한 환자들 같았지만, 사실은 조가 왜 이런 스티커 같은 것들을 이 사람들에게 '부착'하는지에 관해서는 아는 점이 없었고, 그들이 왜 자신을 이곳에 데리고 와서 일을 시키는 지에 대해서도 몰랐다.

제이슨이 돌이켜 생각해 보니 어렸을 때 어떤 불량배를 만났던 일이 긴 있었는데, 그는 어느 고가 밑에 조용히 앉아 있어서 제이슨을 기겁하게 만들었다. 그가 어린 제이슨에게 폭언을 꺼낸 이유는 '왜 그렇게 처다보냐?'였다.

사실, 어린 제이슨은 일부러 그에게 시선을 주지 않고 덜덜 떨며 앞만 뚫어지게 보며 걸어가고 있었는데도 말이다.

놀란 제이슨이 달음박질하여 그 자리를 피하는데, 뒤에서 큰 소리로 웃는 불량배의 웃음소리를 제이슨은 기억하고 있었다.

뒤돌아 등을 보이고 졸고 있던 조가 멈칫하는 것이 일어나려는 것 같았다. 제이슨은 다시 고개를 그의 마른 상체로 파묻었다.

CHAPTER
T/H/R/E/E

제3장

탈출을 도모하는 닥터 23

1.

그날 밤.

"제이슨."

평범한 모습의 그러나 아름다운 여자아이가 그의 이름을 불렀다.

옛날에 봤던 어느 영상에 나왔던 여자아이 같기도 했다.

이 여자아이는 계속 말했다.

"세상에는……."

"게임을 하는 사람들이 있어……."

"오른쪽과 왼쪽, 방향이 중요할까?"

그녀는 오른쪽에 붉은 다이아몬드가 그려진 카드 세트를, 그리고 왼편에는 파란 보리 다발이 그려진 카드 세트를 제이슨에게 보여 주었다.

파란 보리 다발이 그려진 카드 위쪽 오른편에는 블루 마블이라는 글자가, 왼편 위에는 지구(The Earth)라는 글자가 쓰여 있었다.

붉은 다이아몬드가 가운데 새겨진 카드에는 제이슨이 보기에 묘연이라고 적혀 있는 것 같았다.

"모습…… 사람들은 혈안이 되어 있지……."

"형태는 의미를 비추기도 하니까……."

"하지만 그들이 형태로 의미를 추출해 내기 시작하면 오류가 생기지."

여자아이는 중얼거리고는 오른편에 있는 카드를 왼편으로 보내고, 왼편의 카드 세트를 오른쪽으로 옮겼다.

"그렇지만, 우린 아직 지구에 함께 살고 있어. 공통의 진실이 존재해야만 했던 지구에…… 아직은……."

그러고는 카드를 섞었다.

"오른쪽 카드는 진실을 왼쪽 카드는 픽션을 뜻해. 디자인된 진실."

그녀는 말을 이었다.

"그리고 자, 게임이 시작되면……."

"이기려는 사람들이 생겨."

"이기는 데 혈안이 되어 있는 사람들이 생기지……."

"조금 정직한 편인 사람들은 게임의 규칙을 알려고 하고, 이기려고 하는 사람들은 골치 아픈 별의별 생각을 하느라, 잊어버리지…… 하지만, 제발 …… 제발, 너는 잊지마."

"이 게임에서 이기는 것보다 더 중요한 게 있어."

"그건 너 자신을 찾아야 한다는 거야. 그런 뒤에야 넌 왜 네가 거기 있는지, 어디로 가야 하는지, 무엇을 해야 하는지 알 수 있을 테지."

여자아이가 떠난 후, 제이슨은 정신이 또렷해지기 시작했다.

제이슨은 이곳에서 도망가야겠다고 마음을 먹고, 기회를 모색하기 시작했다.

$$\text{II.}$$

가장 위층에 자리한 제이슨의 방 아래층의 랩으로 내려가는 좁은 복도로
는 아주 작은 창문이 나 있어, 힐끔 하늘의 낯이 보였다. 제이슨이 생각하기
에 멀지 않은 곳에 시외버스 정류장 같은 것이 있는 듯했는데, 사람들도 지
나다니는 것 같았다.

제이슨은 창문을 깨고 소리라도 질러 볼까 하고 생각했다.

조가 자신을 데리러 방으로 왔을 때에 그의 열쇠를 가로챌 수 있다면, 창
문을 깨고 도움을 요청할 시간을 벌 수 있지 않을까?

그러나 창문은 이 건물의 벽체와 같이 두꺼워 보였는데, 깨는 것이 쉽지
는 않을 것 같아 보였고, 둘째로는 소리를 쳐도 그 외침이 사람들에게 전달
될 수 있을 것이냐는 것이 미지수였다. 또 그 외침을 어떤 사람이 들었다고
해도, 이곳까지 직접 구하러 달려올 사람이 있을지도 몰랐고, 그 고마운 '사
마리안'이 도착하기 전에 어떤 일이 벌어질지도 모르는 일이었다.

조는 아마 워키토키 같은 것으로 그들의 패거리들과 연락을 취할지도 모
른다.

생각만 해도 식은땀이 났다.

확실히 그가 유치되어 있는 곳은 방음 시설이 되어 있는 곳으로, 창문이 닫히면 밖에서 나는 어떤 소음도 들리지 않을 것 같았고, 마찬가지로 집 내부의 소리도 밖으로 잘 전달되지 않는 것 같았다.

철창은 굳게 닫혀 빗장으로 잠겨 있었고, 주변 지대의 공기 자체가 무거운 듯 암울하고 낯선 공간이었다.

제이슨의 고향에서는 대문이 헐거운 집들이 많았는데, 그의 동네 사람들은 아무런 불편함 없이 지냈었다. 제이슨은 그런 그의 고향이 그리웠다.

풀이 죽은 제이슨이 터덜터덜 방으로 돌아오는 길에, 그는 불현듯 그에게 희망을 주는 어떤 사물과 마주하게 되는데, 제이슨은 마치 그가 필연의 구원의 도구라도 찾은 것처럼 들떠서 가슴이 두근거리기 시작했다.

창가 틈에 끼어 있는 이 무언가는 약 5~6㎝ 정도 되는 철사 조각 같았는데, 나갈 방법을 궁리하고 있던 제이슨에게는 마치 무거운 철제문을 여는 '키'마냥 여겨져 그는 그것을 꼭 취하리라고 다짐했다.

III.

제이슨은 정신은 또렷했으나, 그날따라 일하는 것이 괴로웠다. 게다가 혹시 '핀'(철사 조각)이 발각되어 조가 그것을 치우기라도 할까 봐 걱정이 되어서 가슴이 두근거렸다.

그날따라 시간도 더디게 가는 것 같았다.

제이슨은 아직 랩에서 조 옆에 앉아 있었고, 웅크린 자세 때문에 어깨가 뻐근했다. 자리에서 일어나 기지개라도 켜고 싶어 조를 힐끗 본 제이슨은 그냥 자리에 앉아 있기로 했다.

그리고, 제이슨은 다시금 조의 옷이 정말 두껍다는 것을 알아챘다. 그 때문에 좁은 복도를 오르락내리락할 때 그의 옷이 벽에 스치기도 했다. 또 제이슨은 그 두꺼운 옷에는 호주머니도 달려 있다는 것을 오래전에 알고 있었다.

조가 간식을 그 호주머니에 넣어 놨다가 꺼내어 먹는 것을 본 적이 있기 때문이다.

제이슨은 그날 방으로 돌아갈 때 모험을 강행하기로 마음먹었다.

"저기, 조!!"

여느 날과 같이 태연하게 좁은 복도를 조와 함께 나란히 올라가고 있던 제이슨이 갑자기 고개를 쳐들었다.

좁은 창문이 위로 나 있는 계단이었다. 팔이 긴 제이슨이 마음먹으면, 아슬아슬 창틀에 손이 닿을 것만 같은 위치였다.

"뭐지, 제이슨?"

조가 퉁명스럽게 대꾸했다.

"저기 아래 떨어져 있는 것이 혹시 당신 거 아니에요?"

제이슨이 황급히 말했다. 벌써 목덜미부터 벌겋게 달아오르는 것 같았고, 입에는 침이 말랐다.

무뚝뚝한 조는 계단 아래 떨어졌다는 것이 자신의 물건인지 알아보기 위해서 슬로모션처럼이나 느리게 몸을 돌렸다.

그때였다.

제이슨은 아무렇지 않게 왼쪽 팔을 길게 뻗었다. 손이 창틀가에 닿았는데, 제이슨의 몸은 여전히 조 쪽을 향한 상태였고, 요가를 하듯 몸 뒤쪽 위로 뻗은 손만 더듬더듬 창틀을 뒤지고 있었다.

먼지가 손가락 끝에 닿았고, 뾰족한 뭔가를 느꼈다.

그때였다.

"뭐지, 제이슨?"

조가 그를 째려보고 있었다.

제이슨은 손의 주먹을 꼭 쥐고 있었는데, 땀이 밸 정도였다.

"아무것도 안 보이나요? 내가 아까 올라올 때는 뭔가를 본 것 같았는데
……."

조는 화가 난 것 같았다. 그는 제이슨이 미처 변명의 말을 꺼내기도 전에
세차게 제이슨을 밀쳐서 그를 방으로 밀어 넣었다.

그리고 어느 때보다 거칠게 문을 닫았다.

문을 잠그는 소리가 신경질적으로 들렸다.

제이슨은 한숨을 내쉬고, 방의 딱딱한 침대에 걸터앉았다.

그리고 한동안 조용히 그렇게 앉아 있었다.

그의 한 손은 주먹을 꼭 쥔 상태였다.

IV.

　제이슨 손에 들어온 그 작은 핀은 제이슨에게 '마지막 잎새' 같은 것이 되어서, 제이슨은 다시 삐딱해진 조와 함께 일하는 것을 견뎌 내고 있었다.

　그의 이 작은 핀은 마치 펴 놓은 클립과도 같았는데, 서류를 고정시키기 위해 썼다가 누가 늘려서 창틀 위에 놓아둔 것 같았다.

　제이슨은 그날 저녁에는 저녁을 먹고, 이 철사를 열쇠 구멍에 맞추어 볼 생각이었다.

　언제나와 같이 치킨스톡을 푼 듯한 국물에 불은 마카로니 같은 것이 딱딱한 바게트 빵과 나왔지만, 제이슨은 저녁을 끝까지 다 먹고, 작은 소리로 휘파람까지 불었다. '철사 같은 것으로 문을 따는 것을 어디에서 본 것 같은데……'

　제이슨은 일단 열쇠구멍으로 철사를 넣어 이렇게 저렇게 움직여 보았다.

　가슴이 두근거렸다.

　'찰각'거리는 소리가 났지만 문은 여전히 잠겨진 상태였다.

　그렇게 세 시간이 흘렀다.

　장장 세 시간 만에 제이슨은 이 작은 클립 같은 것으로 거대한 철제문을 열 수 없을 것이라는 결론을 내렸다.

이마에 나는 땀을 훔치며 그의 딱딱한 침대 위에 몸을 던진 제이슨은 한숨을 크게 내쉬고 침대에 누웠다.

높은 회색 콘크리트 천장이 보였다. 그리고 두 손을 길게 뻗고 누운 제이슨의 눈가에는 그도 모르게 눈물이 고였다. 그는 무심히 그러나 간절함으로 중얼거렸다.

고트…….

$$V.$$

SOS.

어느 비가 오던 날, 제이슨은 그 작은 창문에 손가락으로 이렇게 썼다.

비가 줄기차게 며칠 동안 밤낮 내려, 안과 밖의 온도 차이로 김이 끼었기 때문에 그 작은 메시지는 한동안 그렇게 남아 있었다.

제이슨의 방은 추웠다. 춥고 눅눅한 날씨에 옷은 얇고, 따뜻한 음식을 먹지 못해 제이슨은 몸이 말이 아니었다. 제이슨은 일하는 중에도 깜박깜박 졸기까지 했는데, 조는 그런 제이슨을 본체만체했다.

어느 졸리고 나른한 시간. 밖의 비는 줄기차게 쏟아지고, 제이슨은 잠의 세계로 빠져들어 갔다.

"와!!"

웅성거리는 함성 소리.

많은 사람들이 있었다.

"여기가 어디지?"

주위를 둘러본 제이슨은 자신이 축구 경기장에 와 있다는 것을 알아차렸다.

붉은 경기장 관람석은 붐비는 관람객들로 들뜬 분위기였다.

옆의 빨간 플라스틱 의자에 앉아 있는 뚱뚱한 남자는 머스터드가 잔뜩 뿌려진 핫도그를 입에 넣으려고 하고 있었다.

그의 옆에 서 있는 동료는 선글라스를 쓰고 핫도그같이 생긴 긴 풍선을 들고 있었다. 응원 도구인 것 같았다.

"우아~!!! 이겨라~!!!"

앉아 있는 남자가 소리를 질렀다.

녹색의 경기장 필드에서는 경기가 진행 중이었다.

푸른 옷을 입은 팀들이 공을 획득해 다른 팀의 진영으로 공을 몰아가고 있었다.

역시 옆에서 경기를 관람하고 있던 여자가 말했다.

"이거 당신 거 아닌가요?"

여자는 폴로셔츠에 선글라스를 끼고 청바지를 입었는데, 다리를 꼬고 있었다. 제이슨은 웃음을 지어 보이며, 그녀가 가리키는 곳을 돌아보았다.

붉은 플라스틱 의자 위에 검은색 워키토키가 놓여 있었다.

"이게 뭐지?"

제이슨이 그 커다란 워키토키를 집어 드니 라디오 같은 말소리가 들렸다.

"제이슨! 제이슨!"

제이슨은 그리고 다시금 정신을 차렸다.

조였다.

조는 보기 싫게 웃으며 말했다.

"E-론월드에 다녀오신 모양이군, 닥터 23."

"일론월드?"

제이슨이 중얼거렸다.

조가 그때까지 쓰고 있던 헬멧 같은 모자를 벗었다. 그의 숱 없는 머리가 젖어서 이마에 달라 붙어 있었다.

그는 틈이 촘촘한 한 작은 빗을 집어 올려 머리를 빗기 시작했다.

랩실의 오렌지 조명이 그 빗을 비추니, 촘촘한 그림자가 생긴다.

제이슨은 그것을 보고 있었다.

그 촘촘한 빗살의 그림자가 드리워지며, 축구 경기장의 관람석들이 되었고, 다시 웅성거리는 사람들의 목소리가 그곳에서 들렸다.

"어떻게 된 거지?"

제이슨이 두리번거렸다.

폴로셔츠의 아가씨는 그대로 다리를 꼬고 경기를 관람하고 있었고, 핫도그를 먹는 뚱뚱한 남자도 그대로였다.

그의 붉은 플라스틱 의자를 돌아본 제이슨은 워키토키가 없는 것을 알아차렸다.

그리고 털썩 그 의자에 앉았다.

23번 의자였다.

거의 기절한 듯 지쳐서 자고 있던 제이슨을 누가 흔들어 깨웠다.

"제이슨."

"제이슨! 내 목소리가 들리나요?"

제이슨은 식은땀을 흘리고 있었다.

"누구시죠?"

"제이슨, 정신차리게."

후줄근한 연회색 면 셔츠에 카키색 카프리 바지를 입은 중간 체구의 멋진 회색머리 남자가 제이슨을 깨웠다.

"여기 물과 약일세…… 힘을 내게, 제이슨."

"그들은 일주일에 한 번씩 12시에 이곳에서 나가 점심 식사를 한다네."

은발의 남자가 부드럽게 말했다.

"누구시죠?"

제이슨은 눈을 비비며 일어났다.

분명히 지난 몇 주간 제이슨은 밤에 일어나 일을 한 것 같다.

그의 방에서는 도무지 시간을 가늠할 수가 없었다.

이 회색머리의 남자는 항구에 있던 제이슨의 옷가지와 버려진 ID카드를 발견했다고 했다.

약을 넘기고, 물 한 모금으로 목을 축인 제이슨이 다시금 잠을 자기 위해 돌아누웠다.

"제이슨, 워키토키를 잃어버리면 안 되네…… 제이슨……."

그가 당부하는 소리가 잠들어 가는 제이슨의 귀에 들렸다.

CHAPTER
F/O/U/R

제4장

도망치는 제이슨

제이슨이 눈을 떴다.

몸이 한결 가벼웠다.

옆 테이블에는 오렌지 소다 캔 한 개가 놓여져 있었는데, 제이슨은 허겁지겁 그것을 마셨다.

그제야 정신이 든 제이슨이 돌아보니 그전에 없던 두툼한 요가 몸에 덮여 있었다.

그리고 쪽지가 있었다.

"REM line is attacked."

"REM line is attacked."

"렘 라인이 당했습니다!"

큰 벨 소리 같은 것이 울리기 시작했다.

제이슨은 어느 신사가 그들이 12시에 식사를 하러 나간다고 한 것을 기억했다.

반쯤 열린 철문을 열고, 제이슨은 밖으로 뛰어나왔다.

'일단 일층으로 내려가 보자.'

가슴은 세차게 두근거리고, 혹여 발소리라도 들릴까 봐 크게 조바심이 난 제이슨은 비틀거리며 계단을 내려왔다.

그러나 그가 좁은 층계를 내려와 도달한 큰 정문은 바깥에서부터 잠겨 있었으므로 마음이 급해진 제이슨은 서둘러서 지하에 있는 랩 쪽으로 발길을 돌렸다. 그쪽에 있는 바깥으로 난 창문을 확인해 보려는 심정이었다. 그렇게 하려다가 그는 랩 반대쪽에 위치한 부엌으로 뛰어들어 갔는데, 그곳은 늘 문이 닫혀 있어서 제이슨이 안을 본 적은 없었지만 음식을 조리하는 소리와 냄새가 났기 때문에 제이슨은 그곳이 부엌 근처라고 지레짐작하고 있었던 곳이었다.

부엌에는 밖으로 난 창이 열려 있었는데, 창살이 있어서 그것을 넘어야만 했다.

창살은 그리 높아 보이지는 않았는데, 제이슨이 창틀에 올라가 보니 그가 생각했던 것보다 높았을 뿐만 아니라 또 그것에는 두려움을 일으키는 무언가가 있었다. 제이슨이 짐짓 주저하고 있는데, 그때, 여자아이의 목소리가 들리는 것 같았다.

"제이슨."

"제이슨."

진퇴양난의 상황인 제이슨은 선택의 여지가 없었다. 그는 창살을 훌쩍 뛰어넘어 알루미늄 지붕 위에 올라섰다. '쾅' 하는 소리가 나고, 조금 찌그러졌지만, 알루미늄 지붕은 제이슨의 몸무게를 지탱해 냈다. 그 지붕은 저장소의 물건이 젖지 않기 위해 임시로 설치해 놓은 것으로, 지붕 아래에는 박스들이 잔뜩 쌓여 있었다. 제이슨은 저장소의 지붕에서 뛰어내려 바깥으로 향한 계단을 올라갔다.

그리고, 그가 그리던 자유였다.

밖

The public place

제이슨이 마침내 바깥으로 뛰어나가자 그곳은 한적하지만 아무렇지도 않게 보이는 거리였다. 주변에는 비슷한 모양의 집들이 쪽 늘어서 있었지만, 거리에 사람의 모습은 보이지 않았다.

햇빛이 쨍쨍한 날이었다.

계단으로 나 있던 작은 창을 통해 보았던 버스 정류장이 근처에 있는 것만 같았는데, 제이슨은 거리 바로 맞은편에 있는 버스 정류장 푯말을 먼저 알아보았다.

웬만해서는 어디로라도 그곳으로부터 멀리 도망가고 싶은 제이슨이었지만, 자신이 방금 도망쳐 나온 곳에서 가장 가깝게 위치한 버스 정류장에서 버스를 기다리고 싶지 않았다.

아니, 그는 무의식적으로라도 멈춰 서면 안 될 것 같은 기분이었다.

서두르는 그의 마음처럼 그의 발걸음도 점점 빨라져서, 거리 모퉁이를 돌자마자 제이슨은 냅다 뜀박질을 하기 시작했다.

제이슨이 마구 뛰어 들어간 곳은 고속버스 정류소였다.

사람들이 북적이는 곳에 다다르자 제이슨은 그제야 자신의 숨을 고르고 있었다.

쭉 서 있는 사람들의 줄을 헤집고 들어가자 버스 정류소 안에 입점한 가게들이 쪽 늘어선 것이 보인다.

저마다 콘크리트 지붕을 이고 있는 듯한 이 가게들은 보통 상점의 크기에 비해 입구도 작고, 서민적인 물품들을 취급했으나, 제이슨이 시카고 병원에서 근무할 때 종종 들렀던 패스트푸드 가게도 보였다.

배가 몹시 고팠던 제이슨은 주저 없이 패스트푸드 가게에 들어가 햄버거를 주문했다.

허기가 졌던 김에 시킨 음식을 게 눈 감추듯이 먹어 치우고, 같이 나온 케첩까지 다 먹은 제이슨은 그제야 끔찍했던 일들을 돌이켜 보았다.

그는 절대 다시 그곳으로 가고 싶지 않았다.

안심할 수 있는 상황은 아니었다.

III.

　버스가 도착하는 것을 기다리는 동안에 제이슨은 캡을 한 개 샀다. 이전 같았으면 절대로 쓰지 않았을 것 같은 여행 기념품 같은 후줄근한 모자를 쓴 제이슨은 이런 것이 도움이 되리라고 믿었을까? 기념품 같은 큰 사이즈의 분홍색 줄무늬의 셔츠를 걸쳐 입고서야 가만히 서서 버스가 오는 것을 기다릴 수 있었다.

　'딩동'

　그가 마침내 도착한 곳은 시카고 주변의 한 아파트였다.

　"누구세요?"

　아파트의 초인종 소리가 나자, 제이슨의 고등학교 동기인 다니엘라가 얼굴을 빼꼼히 내밀며 물었다.

　"이런, 제이슨. 이게 어떻게 된 거니?"

　그러고는 그의 물 빠진, 형광빛 도는 분홍색 줄무늬의 셔츠를 믿을 수 없다는 듯이 바라보았다.

　"스프링필드의 제일 성모 클리닉에서 일하고 있는 것 아니었어?"

다니엘라의 아파트는 제이슨이 시카고에서 인턴 생활을 했을 때 종종 들렀던 곳이었다.

다니엘라는 그의 오래된 친구로, 그가 시카고 병원에서 인턴을 할 때 가끔 조개 요리와 쉬라즈*를 준비해 놓고 제이슨을 부르곤 했다.

염려하는 듯한 표정의 다니엘라의 뒤를 따라 한 장정이 어슬렁거리며 등장했다.

"어, 제이슨. 여기는 랄프야."

다니엘라가 수선스럽게 큰 덩치의 사나이를 소개했다.

"여기는 로날드 랄프요."

"제이슨입니다."

제이슨은 꾸벅 고개인사를 했다.

그 '덩치맨'도 까닥 고개를 끄덕였다.

그때였다.

제이슨은 갑자기 가슴이 덜컹 내려앉는 듯했는데, 덩치남의 두툼한 어깨 위에서 작은 문신을 본 것이었다.

그것은 만약 제이슨이 미치지 않았다면, 그가 기억하기에 조의 어깻등에서 본 그 문신과 비슷한 것이었다.

식은땀이 흘렀다.

"제이슨, 네가 좋아하는 버터 바른 조개구이 해 줄게. 조금만 기다려." 하고 부엌으로 들어가려는 다니엘라의 앞치마라도 붙잡고 싶은 심정이었다.

---

* 쉬라즈는 유명한 호주 와인 품종 중 한 가지로, 해산물과 잘 어울린다고 알려져 있다.

'이자와 나를 한방에 두고 부엌으로 가 버리지 말라고…… 다니엘라.'

제이슨은 마음속으로 소리를 질렀으나, 다니엘라는 개의치 않고 유유히 부엌으로 사라졌다.

비록 왕개미만 한 크기의 문신이었고, 제이슨은 그것이 어떤 모양인지도 확실히 보지 못했지만, 자라 보고 놀란 가슴 솥뚜껑 보고 놀란다고, 제이슨은 오랫동안 자신도 모르는 만큼 겁에 질려 있었다.

인사도 뭐고, 아무런 말도 없이, 큰 덩치의 랄프가 화장실에 가자마자, 제이슨은 뒷걸음질치듯이 현관 밖으로 내뺐다.

밤이었고, 주위는 어두웠지만, 제이슨은 공포와 걱정으로 인한 두근거림이 가셔서 한결 편안한 상태가 되었다.

멀리서도 다니엘라의 아파트에서 나오는 따뜻한 빛이 보였다.

제이슨은 멀리서도 조개버터구이 익는 소리가 들리는 것만 같았지만, 바삐 그 자리를 떴다.

Ⅳ.

제이슨은 어느 시골 마을의 기차역에 서서 그의 기차가 도착하기를 기다리고 있었다.

큰 플라타너스의 푸른 잎이 솔솔 부는 바람에도 그저 평화롭기만 하다.

제이슨은 마치 방금 어느 전쟁터에서 빠져나온 것만 같은 상태였는데, 이곳은 어떤 일인지 마치 '태풍의 눈'처럼, 그 주변 일대는 토네이도의 힘과 여파로, 무너지고 부서지고 쓰러지는데도, 끝까지 한가하기만 하다.

제이슨은, 그제야 그가 쓰고 있는 크레디트카드가 자신의 것이 아니라는 것을 기억했다.

누가 자신의 포켓에 크레디트카드와 여행에 쓸 현금 약간을 넣어 둔 것이다.

나무 벤치에 앉아 솔솔 부는 바람을 즐기고 있던 제이슨은 기억을 더듬어 보려고 애쓰기 시작했다.

아무래도 그 회색머리의 남자 같다.

제이슨이 비몽사몽일 때에 자신을 도와주고, 크레디트카드도 넣어 주었구나…….

제이슨은 그 사람이 도대체 누굴까, 어떻게 사례를 할 수 있을까 짐짓 고심했다.

　잠시 후 붉은 벽돌색에 황동으로 장식한 고풍스러운 기차가 역에 도착했다.

　이 기차는 다른 여느 기차에 비해 천장이 낮았으나, 내부 벽을 모두 카펫 같은 천으로 감싼 어떤 '특별한' 것이 느껴지는 열차였다.

　제이슨은 다시 한번 그의 손에 쥐어진 열차표에 행선지를 확인하고야, 그 열차에 올라탔다.

　설마!

　그는 혹시라도 자신의 좌석이 23번인가. 만약 그렇다면 이 열차를 뛰쳐나가리라고 생각하고 있었는데, 다행히도 그의 좌석은 48번의 A였다.

　제이슨이 곤하게 자고 있다가 눈을 떴을 때 열차 안은 여전히 쾌적했고, 보송보송한 머스터드와 아이보리 색의 좌석도 여전히 아늑하고 안락했다.

　기분이 좋아진 제이슨은 그제야 스스로 배고픔을 감지했다.

　긴장이 풀리면서 배에서 꼬르륵 밥 달라는 소리가 들렸기 때문이다.

　이 열차는 식사를 제공하지 않는 모양으로, 제이슨은 열차의 카페테리아로 가기 위해 기지개를 크게 펴고, 곧 그의 아늑한 자리에서 일어났다.

　"저기, 여보시오."

　'?!'

　"예?"

땅콩잼 샌드위치와 소다캔을 안고 좁은 통로를 지나가고 있는 제이슨을 누가 불러 세운다.

"여기요!"

어떤 신사인 것 같다. 그에게 손을 흔든다.

"예?"

"여기 카페테리아가 어디 있죠?"

"맨 뒤 칸 열차에 있어요. 스낵과 점심 메뉴가 있더군요."

제이슨이 머뭇거리며 대답했다.

"고마워요."라는 그 사람의 답을 채 듣기도 전에, 작은 모자를 푹 눌러쓴 한 사람이 성큼성큼 큰 보폭의 걸음으로 서둘러 열차 칸을 지나가려는 듯 제이슨에게 돌진해 온다.

제이슨은 그 작자가 멈추려니 하고 가만히 있었는데, 그렇지 않았기 때문에, 제이슨과 부딪치고 말았다.

"아이쿠."

제이슨이 외마디 소리를 지르자,

"거기요. 좀 조심하시죠." 하고 뒤에서 제이슨을 옹호하는 소리가 들렸다.

얇은 점퍼를 입은 그 사람은 마치 귀먹은 사람처럼 앞 칸으로 돌진해서 가 버렸기 때문에 그 책망의 소리를 못 들었을 것도 같았다.

제이슨은 무심코 그 자리에서 옆의 좌석 번호를 보았는데, 23번이었다.

기분이 이상해지고 속이 상한 제이슨은 자리로 돌아왔지만 그가 산 빵을

먹을 수가 없었다. 정말 묘연한 기분이었다.

그는 체리소다만 두 캔을 비우고, 끝없이 이어질 것만 같은 푸른 들의 행렬 같은 풍경을 물끄러미 바라보다 다시 잠이 들었다.

"여보쇼."

"예?"

제이슨이 그 사람을 건너다보았다.

"크레디트카드가 안 되네요."

"네?"

제이슨이 크게 놀라 기겁했다.

"혹시 다른 크레디트카드 없소?"

열차 카페테리아의 매니저가 다시 묻는다.

제이슨이 막 오므라이스가 들어있는 런치 메뉴를 주문했을 때였다.

제이슨은 최대한 침착함을 잃지 않으려 애쓰며 말했다.

"한 번 더 트라이해 봐 주실 수 있으세요? 왜 가끔씩 기계가 에러를 낼 때도 있잖아요."

"내 기계는 절대 에러를 내지 않아. 무슨 말을 하는 거지? 외상을 붙여 달라는 건가?"

"아니요, 됐어요. 이따 다시 올게요."

제이슨은 어깨에 힘이 쫙 빠지는 것만 같았다.

자리로 돌아오기 전에 수돗물을 잔뜩 마시고 온 제이슨은 크레디트카드를 들여다보다가 다시 화장실로 갔다.

그는 영문을 알 수가 없었다.

검은 테이프 라인에 가린 이 플라스틱 조각 안에 얼마의 돈이 들어 있었는지, 그로서는 지금 알 수가 없는 상황이었다.

VI.

그렇게 제이슨은 미처 점심을 먹지 못한 채로 열차에서 내렸다.

긴 시간 동안 여행을 하며 그가 먹은 것은 고작 땅콩잼 샌드위치 반 개와 체리소다가 전부였다.

제이슨은 배도 고팠지만, 더욱이 허탈한 기분이었다.

하늘은 왜 이렇게 푸른지…….

그렇게 몇 시간이 흘렀을까?

제이슨은 자신의 직업을 바꾸어야 할지도 모른다고 생각했다.

하루 양식을 구걸해야 하는 부랑자로 말이다. 벤치에 앉아 있는 것도 많은 시간이 흘렀다. 제이슨은 두 손으로 무릎을 감싸고, 깍지를 꼈다. 조금 추웠기 때문이었다.

그때 저벅저벅 누군가 다가오는 소리가 들렸다.

머리가 센 할아버지였다.

"청년, 여기에 왜 이렇게 앉아 있는 거요?"

제이슨은 너무 속상해서 입을 열 수가 없었다.

혹여 말을 시작한다고 한들, 일일이 다 설명하기도 그렇고, 우선, 말을 하는 것조차 지친 것 같았다.

그 노인이 말을 이었다.

"혹시 돈이 없는 거요?"

"청년도 '그들'에게 당했군……."

"'그들'이요?"

혹시 이 할아버지는 예지력이라도 있는 것일까?

데릭 더블 뱅크쇼와 그의 불량한 친구들을 아는 걸까?

제이슨은 생각했다.

"크레디트카드를 좀 줘 보게."

할아버지는 요청에 제이슨은 갸우뚱하면서도 선선히 그가 받은 '가벼운' 크레디트카드를 꺼내 보였다.

"이것 보게…… 청년도 그들에게 당했군."

"어, 이게 뭐죠?"

카드 뒤에는 희미하지만, 분명한 자국이 있었다.

"그들은 자석 같은 도구와 바코드 기계를 이용해서 크레디트카드를 털어가는 놈들이야. 그들에게 통장 잔고가 털리지 않으려면, 그들과 마주치지 않는 게 최선이지."

"그들은 그들의 타겟과 가깝게 접근한 뒤에 민첩하게 카드를 낚아채거든. 그리고 은행 잔고에 얼마나 돈이 있는지 파악한 다음, 크레디트카드에 있는 핀 번호를 찍고, 망가진 크레디트카드를 다시 그의 주머니에 넣어 두지……

나중에 확인해 보면, 은행 잔고에 돈이 인출된 것을 알 수 있을 거야……."

"네?"

제이슨은 처음 들어 보는 크레디트카드 소매치기의 이야기에 놀라 고개를 번쩍 들었다.

"저는 크레디트카드를 셔츠 안주머니에 넣어 두었는데요."

"진정하게, 젊은이. 나는 집에 약간의 현금을 보관하고 있으니까 자네에게 빌려주도록 하지. 어때? 오늘은 나의 집에서 머물지 않겠나?"

노인의 친절한 제의에 제이슨은 선선히 고개를 끄덕이며, 벤치에서 일어났다.

제이슨이 벤치에 앉은 지 5시간 만의 일이었다.

VII.
신의 사람들

예를 들자면, 펜이 없는 서기가, 성경이 없는 예언자가 있을 수 있을까? 병사들은 그들의 무기가 적의 것이 아닌지 확인해야 한다. 미디움, 툴을 지키는 것이 중요하다.

예언자, 서기, 군인.

토마스 S. 몬순

"당신은 어디로 가는 중이요?"

노인이 통밀 보리빵을 먹고 있는 청년, 제이슨에게 물었다.

"집으로요. 가족이 정말 그리워요."

저녁 식사를 마친 후, 제이슨은 노인에게 자초지종을 설명 해 주었다.

대학병원에서 인턴을 하던 중에 처음 만난 데릭 뱅크쇼, 스프링필드의 작은 클리닉에서 있었을 때, 쇼핑센터에서 그를 만난 일, 그의 스포츠카와 친구들. 그리고 자신이 닥터 23으로 불린 곳에서 있었던 일들과 카드를 든 소녀 이야기까지……

이야기를 묵묵히 듣던 노신사가 입을 천천히 떼었다.

"전시 때, 나는 알파부대의 소속이었소. 그들은 나에게도 숫자를 할당해주었지. 숫자로 이름을 불렀다네."

노신사가 말했다.

"그때 들었던 이야기야……."

노인의 동료이자 룸메이트였던 군인은 의사 출신이었는데, 그분이 이 노인에게 들려준 이야기이다.

참된 의사 동료들이여.

약 이 년 전에 이미 전 인류의 절반 이상의 코드가 공격당했고, 지금 이 시점에도 그들은 공격을 멈추지 않고 있소.

이 상황에서 당신들은 알고 싶을 겁니다.

배틀 필드는 대치 상황 중에 있습니다. 모두 서로에게 발견되지 않으려고 하는데, 그들은 발견해 내려고 하지요.

그들은 당신에 대해 더 알려고 할거요. 당신이 좋아하는 것들과 당신의 습관과 당신이 어디에 돈을 쓰는 지 말이오.

요컨대 당신이 무엇에 의존하고 있는지, 어떤 식으로 게임을 하는지 알고 싶어 할 겁니다.

그가 받았던 이 쪽지는 그가 의대를 다니던 중 그에게 '배달'된 것이었는데, 그도 누가 보낸지 몰랐다. 그는 레이어(막), 감정, 스키마*, 마음, 두뇌 등 무언가에 숨은 것, 요컨대 포린 에이전트(이물질)를 찾는 것은 배웠지만, 자

---

*   스키마란 감정과 정보가 섞인, 기억을 이루는 지식의 추상적 덩어리이다.

아가 노출되지 않도록 조용히 움직여야만 하고 때로는 거의 숨어 지내는 것처럼 해야 한다는 것의 필요성은 몰랐다.

어쨌든, 그는 그의 괴짜 선배 중 한 명이 이 쪽지를 보낸 것이 틀림없다고 생각했다고.

쪽지는 이렇게 이어졌다.

좁은 통로를 통과하고 미로 같은 방들을 지나, 나의 서제로 오시오.

그 방에 도착하면, 되도록 침착하고 조심스럽게 행동하되 마음에 드는 책을 보고, 지혜를 얻어 '나는 신의 몸의 일부이며 코스모스(지구촌)의 일원이다.'라는 말을 이해해 스스로의 자리와 지위를 택하시오.

방을 뜰 때는 읽은 책을 제자리에 두고 나오되,

바닥의 노란 선을 밟지 말거나, 계속 따라가거나 두 가지 중 한 길을 택해서 나가시오.

그 노인은 얼마 전 그 친구가 소천했다고 말하며, 그가 말한 그 쪽지를 보여 주었다.

제이슨이 말했다.

"…… 누가 이런 쪽지를 썼을까?"

제이슨이 생각하기에도 어느 의과 대학생이 쓴 것 같았다.

제이슨의 선배 교수도 제이슨이 인턴을 할 때 '쪽지'를 건네주지 않았나!

노인이 말했다.

"그는 항상 이렇게 말하곤 했지. '똑똑한 인간들이잖아. 안 그래?'"

"똑똑한 인간들이잖아."

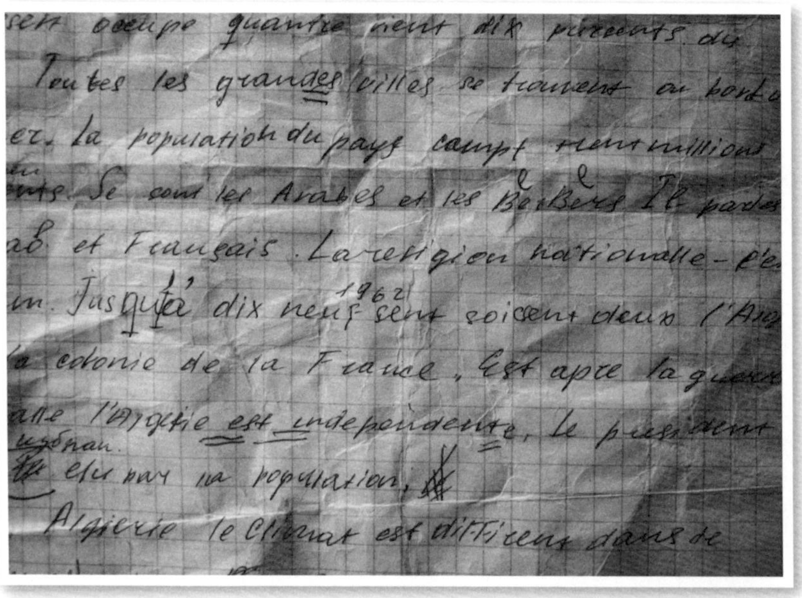

제5장

귀환한 로미오 제이슨의
새로운 여행

I.

　병원에서 일하다 보면, 징후(sign)과 증상(symptom)이 다르다는 것을 알게 될 때가 있다. 증상은 환자가 내부 시스템의 이상으로 느끼는 주관적인 것이다. 증상은 느껴지는 정도가 사람에 따라 다르기 때문이다.

　그러나 징후는 도통 의사가 관찰하는 것으로, 보통 진단을 내리는데 중요한 실마리가 되기도 한다.

　이렇듯, 진실도 표면적인 이미지들의 제시와 같지 않다.

　그렇다면 표현되어 나타나는 '징후'는 어떠할까?

　아이들도 입가에 케첩을 묻히고는, 엄마 앞에서 장난을 친다. (엄마들은 거의 속지 않지만……)

　조금씩 목적지를 향해서 나아가는 기분이랄까?

　제이슨은 하루하루 그 무거웠던 공포에서 조금씩 벗어나고 있었다.

　노인은 그에게 편안한 잠자리를 제공해 주어서, 제이슨은 그나마 고생한 심신을 달랠 수 있었다.

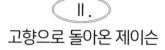

Ⅱ.
고향으로 돌아온 제이슨

Back to His hometown

"엄마!"

드디어 그의 집에 도착해 세차게 문을 두드리는 제이슨은 일단 눈물을 훔쳤다.

"제이슨!"

문이 열리자 혀를 내밀고 꼬리를 격하게 흔드는 스피니와 그새 더 마른 것 같은 날씬한 모습의 어머니가 모습을 내밀었다.

"어떻게 된 거니, 제이슨?"

제이슨은 그가 납치되어 감금되어 있었다는 것을 어머니에게 아직 말할 수가 없었다.

어머니는 강한 여자였지만, 제이슨에게 그런 일이 있었다는 것을 알면, 근심하고 분명 무척 슬퍼하며 염려를 놓지 못할 것 같았다.

그는 아마 그의 옛집에 다시 '감금'당할지도 모르지.

어머니는 제이슨을 바깥으로 내보내지 않으려 할 것이다.

그러나 제이슨은 이웃에 사는 그의 오랜 친구인 제레미에게는 사실을 다

말해 주었다. 게임하는 것을 좋아하는 제레미는 집에서 자택 근무를 하는 프리랜서 프로게이머로, 제이슨이 이 모든 이야기를 들려주었을 때에도 그는 컴퓨터 게임에 열중하고 있었다.

그가 게임 배틀을 끝내고, 마침내 제이슨을 돌아보았을 때, 그는 아무런 말도 하지 않았다. 그저 제이슨을 쓱 하고 쳐다본 뒤, 차가운 맥주 한 캔을 집어 제이슨에게 건네주었을 뿐이었다.

그는 꽤 유능한 프로게이머였으나, 제이슨에게 이래라저래라 할 수 있는 인물은 아니었다.

$$\text{III.}$$

"참, 제이슨 네게 온 편지가 있다."

아무것도 모르고, 제이슨이 휴가를 나온 줄만 아는 그의 어머니는 닭 요리를 만들고 있다가 부엌에서 나와서 말했다.

그녀의 앞치마 한쪽에는 닭 요리의 소스가 묻어 있었다.

제이슨은 소파에서 뒹굴뒹굴 책을 읽으며 한가로운 시간을 보내고 있었고, 스피니는 배를 뒤집고 누워서 낮잠을 자고 있었다.

그의 어머니는 다시 부엌으로 들어가 앞치마를 벗고, 손을 씻고 핸드크림을 바른 후 편지 한 장을 가지고 나왔다.

"보낸 이가…… 토마스…… 셰퍼드…… 너의 교수님이시니?"

"토마스?"

제이슨이 외마디를 외치며 소파에서 몸을 벌떡 일으켰다.

'셰퍼드는 돌아가신 그분 아니신가? 내가 직접 백합을 사서 그의 장례식에 간 것 같은데…….'

제이슨은 이상하다는 듯이 고개를 갸웃했으나, 편지 봉투를 건네받아 편지를 읽기 시작했다.

편지는 셰퍼드 교수님이 소천하기 전에 발송된 것으로 타이핑이 되어 있었으나, 밑에 셰퍼드 교수의 친필 사인이 적혀 있었다.

교수는 제이슨 포리스트와 토마스 헤이베리가 그의 랩에서 발견한 알고리즘 프로그램과 관련되어 문제가 발생한 것 같다고 했다.

그가 랩에서 실험 자료들을 정리하고 있는데, 어떤 게스트들이 셰퍼드 교수의 '새로운 발견'에 관한 소식을 듣고 왔다고 했다.

셰퍼드는 성실히 그들의 질문에 응답해 주었고, 그들은 이것이 가히 '획기적'인 발견이라고 거듭 교수에게 이야기했다고 했다.

그리고 얼마 지나지 않아 랩이 털리는 일이 생긴 것이다. 도둑들은 랩의 모든 자료와 연구기기들까지 훔치려고 했는데, 이른 아침 헤이베리가 그것을 보고 그들과 대응하려다가 구타를 당하기도 했다. 그들은 헤이베리의 지문을 이용해서, 컴퓨터의 기밀 자료까지 빼 갔다고 했다.

헤이베리는 그들이 불량배 그룹 같았다고 했는데, 피부가 어두운 어느 의사도 그들 무리와 한패인 것 같았다고 이야기 해서 모두를 놀라게 했다.

교수는 일단 헤이베리를 자신의 친구가 있는 다른 병원으로 이송하고 다시 대학병원 연구소로 왔는데, 그의 다른 랩 파트너가 없어지는 사건이 발생했고, 그날 저녁 한 간호원은 그의 고향인 알래스카로 서둘러 돌아가 버렸다. 그 이후로 우후죽순 셰퍼드 교수의 연구 팀원들이 분산되었던 것이다.

IV.

　제이슨이 인턴을 할 때 재커라는 외국인 환자가 내원한 적이 있다. 그는 가히 선진한 방식의 피부 성형을 고집했는데 몸 전체에 밝은 톤의 피부를 이식받고 싶어 했다. 건강한 사람이 그런 시술 혹 수술이 도무지 왜 필요한 지 알 수 없었던 제이슨에게 그의 성형외과 선배가 말했다.

　이런 시술을 하는 사람은 보통 그의 병동의 오래된 '손님'이 되는데, 이것 만 하고 끝내겠냐? 조금 있으면 코 수술을 하려 할 것이라고 말했다. 진짜 재커는 피부 성형 시술만 몇 차례씩 받았고 코 수술도 받았으므로, 그 후로 대학병원 측에서는 정신과 상담실로 그를 '이전'했으나, 그는 대신 몇 명의 의사를 '고용'해 대학병원을 나갔다.

　고향에 있는 작은 동네 의원에서 아르바이트를 하던 제이슨은 앞에 앉은 손님이 이상한 것 같다고 생각했다.

　몇 번의 성형수술 경력이 있는 이 손님은 고개를 푹 숙이고는, 아무 말도 하지 않았다.

　"환자분, 어디가 불편해서 오셨어요?"

　제이슨이 최대한 자연스럽게 친절히 말을 건넸다.

그 남자는 여전히 말이 없었다.

"······."

"저기요."

제이슨이 다시 묻자 그는 작은 쪽지를 주머니에서 꺼냈다.

제이슨은 안 그래도 전날 라디오에서 구타당한 의사에 관한 이야기를 들었으므로 움찔했으나, 그것은 쪽지일 뿐이었다.

그 수상한 남자는 쪽지를 건네자마자 제이슨을 남겨두고, 작은 진료실을 나가 버렸다.

V.
다시 쓰는 로미오의 사랑 이야기
New Version of Romeo's Love Story

제이슨은 쪽지를 다시금 확인했다.

분명 이 주소가 맞지?

제이슨은 쌀쌀해지는 저녁 기운에 주머니에 손을 집어 넣었다.

쪽지는 수상한 남자가 그날 진료실에 남기고 간 것이었다.

거기에는 보리와 큰 구슬이 그려진 카드 한 장이 들어 있었다.

그리고 장소가 적힌 쪽지였다.

제이슨은 '그녀'를 기억해 보려고 애썼다.

제이슨이 조와 일할 때, 어느 영상에서 그녀를 본 것 같았다.

그녀는 분명 무언가를 잊지 말라고 그에게 당부했지…….

제이슨이 고개를 들어 시간을 확인했을 때는 저녁 12시였다.

그는 추웠고, 피로로 하품이 나왔다.

벌써 나흘째 일이었다.

제이슨은 '그녀'가 와 주기를 바라고 있었다.

분명 그녀가 보낸 쪽지 아닌가.

자신도 알아챌 만큼 로미오의 이야기를 깊이 염두에 두고 있는 제이슨은 그 때문인지 어떤 오기 같은 것이 있어서 그녀를 더 기다려 보기로 했다.

VI.

'그러나 그날과 그 시간은 아무도 알지 못하나니……'라고 성자 마태의 글에 적혀 있다. 성자 바울은 '형제들이여, 나는 때와 시기에 관해 아무것도 쓸 것이 없다'라고 했다.

제이슨이 얼마나 기다려서 그녀와 만나게 된지는 자세히 모르지만, 어느 날 그는 영화의 한 장면처럼 분명히 그녀와 함께였다.

제이슨은 소녀의 손을 꼭 잡았다. 그는 그녀와 함께 셰퍼드 박사가 알려준 벙커로 그를 찾아갈 참이었다.

제이슨은 그가 꾸리는 짐에 언제나 그렇듯이 그의 이름 태그를 붙였다.

제이슨 C.A. 포리스트

작가 후기

개인적으로 의사 선생님들의 노고를 진심으로 감사하고 존경합니다. 대학 및 여타의 곳에서 공부하고 연구하고 계시는 지인님들께도 감사합니다. 글 쓰는 데에 영감을 받았습니다. 이 『아이디 23』은 요즘 점점 발달되고 보급화되는 바이오메트릭스(생체 인증), 지문이나 홍채 인식기기들 및 다른 생체 인증 연동기들의 파급효과 등에 대해 미리 자문해 볼 필요가 있다는 것을 시사해 줍니다. 또 점점 QR코드 및 바코드가 상용되는 시점에서 인간의 ID 이슈는 인류가 인간의 존엄성을 보전하기 위해 어떤 노력을 해야 하는가에 대한 숙고로 이어집니다.

특히 바이오 아이디가 털리게 되면, 아이디와 연결된 많은 것이 한꺼번에 약탈당할 수 있기 때문에 매우 심각한 것이라고 여겨집니다. 『아이디 23』제1편 이야기에서는 평범한 의사 제이슨이 예상치 못한 일에 휩싸이면서 우리에게 이런 사회적 이슈들을 보여 주는 데 기여를 하는데요. 또한 이 책에서 제이슨은 그가 납치당했을 때 알게 된 어느 소녀와 함께 벙커로 가는 것을 선택합니다. 제2편에서 그는 무엇을 발견하고, 어떤 결정을 하게 될까요? 과연 그가 셰퍼드 교수를 만나게 될까요?

의학도 제이슨의 노트 중에서

1. 제이슨은 그가 벙커로 출발하기 전 다니엘라와 그녀의 새 남자친구에게도 연락을 했다. 그는 진심으로 랄프가 좋은 사람이길 바랄 뿐이다.

2. 제이슨의 생각에, 그가 닥터 23일 때 사람들에게 부착했던 그 스티커는 마치 바코드 같은 것 같다.

3. 제이슨과 토마스가 발견한 알고리즘은 오용될 수 있을 것이다.

4. 야간 근무하는 교수님들과 그의 팀을 위한 비상 연락망은 긴요한 것 같다.

이 이야기의 주인공인 닥터 23 제이슨의 이름은 제이슨 첼로-알드리치 포리스트이다. 알드리치는 그의 외종숙*의 이름이었다.

---

* 외종숙은 어머니의 사촌 형제를 일컫는다.